SO-CBZ-826

Winnie the Pooh

El tesoro de alguien

Winnie the Pooh

El tesoro de alguien

Puede estar viejo o roto, quizá sí.
Y no significar nada para ti.
Pero recuerda siempre seguir el camino
Y quizá encuentres un tesoro escondido.

LIBROS Disney

Hacía un tiempo primaveral en el Bosque de los Cien Acres. Las flores brotaban, los pájaros cantaban, y Winnie the Pooh estaba haciendo una pequeña —realmente muy pequeña— limpieza de primavera.

—Hay que hacer las cosas… con calma —se dijo Winnie resoplando mientras se agachaba más de lo que solía, para coger del suelo un tarro de miel agujereado—. De momento sacaré de casa este tarro y así daré por finalizada la limpieza de primavera.

Cuando Winnie salía por la puerta principal con el tarro, intentando a duras penas mantener el equilibro para no tirarlo, una alegre voz le llamó.

—Hola, Winnie —dijo Cangu, saludándole con la mano.

—Hooooooooooola —dijo Winnie. Intentó devolverle el saludo, pero el tarro empezó a tambalearse y tuvo que utilizar ambas manos para evitar que se cayera—. Estoy deshaciéndome de cosas viejas e inservibles —añadió—. Un tarro de miel en el que no puedo guardar miel no me sirve para nada.

—¿Me lo das? —preguntó Cangu—. ¡Lo puedo usar de maceta para mis flores de primavera!

—¡Sí! —dijo Winnie encantado—. Pero debes saber que está roto.

Winnie pensaba que un oso siempre debía decir la verdad sobre sus cosas.

—Mejor —dijo Cangu.

—¿Ah, sí? —preguntó Winnie, sorprendido.

—El agujero permitirá que salga el agua que sobre —dijo Cangu—. Eso es exactamente lo que debe tener una maceta.

Winnie estuvo diciéndole adiós con la mano hasta que Cangu desapareció de su vista.

—¿Quién iba a imaginar que mi viejo tarro inservible se convertiría en la nueva maceta de Cangu? —se preguntó Winnie.

Como nadie le respondió, se encogió de hombros. Realmente había cosas que siempre serían un misterio.

De repente sonó un fuerte rugido en alguna parte. Winnie agachó
la cabeza.

—Sé lo que significa —dijo a su tripita—. La limpieza de primavera
da a los osos mucha hambre. Me parece que quizá —de hecho estoy
completamente seguro— ha llegado el momento de tomar un pequeño
tentempié.

Mientras Winnie se dedicaba a lamerse la miel de las patas, Cangu pasaba por la casa de Conejo.

Conejo estaba sentado al sol, cepillándose el rabo y murmurando.

—Conejo, ¿decías algo? —preguntó Cangu.

—Digo que esto pasa siempre en primavera —se quejó Conejo—.
Cuando quito las malas hierbas de mi huerto, se me llena la cola de cardos
y el mono de trabajo de agujeros.

—Cuando hayas terminado de cepillarte, ¿por qué no vienes a mi casa?
—preguntó Cangu amablemente—. Puedo coserte unos parches en esos
agujeros.

Conejo cepilló y cepilló hasta que no quedó un solo cardo en la suave y esponjosa piel de su cola.

—Ha quedado bastante bien —dijo Conejo, admirando su reflejo en el cristal de la ventana—. Ahora, si Cangu me ayuda a tapar los agujeros del mono, estaré como nuevo.

En cuanto Conejo se alejó, un tímido pajarillo descendió y cogió un poco del suave pelo del cepillo de Conejo. Voló con él a un árbol cercano en el que estaba construyendo un nido.

Bajó y subió varias veces hasta que tuvo el nido más confortable del Bosque de los Cien Acres. Sus polluelos tendrían un hogar cálido y acogedor, y todo porque a Conejo se le habían pegado unos cardos.

Cangu estaba ordenando el costurero cuando Conejo llegó a su casa. Le enseñó un pequeño montón de retales de colores.

—Con estos trozos de tela pensaba hacer una manta para el invierno —dijo Cangu—. ¿Crees que servirán de parches para tu mono?

—¡Oh, sí! —exclamó Conejo—. ¡Y con estos se pueden hacer unos grandes bolsillos! —añadió cogiendo los alegres retales de flores, rayas, cuadros y lunares—. ¡Y este sería perfecto para un pañuelo nuevo! No sé por cuál decidirme.

—Llévatelos todos —dijo Cangu riendo—. No los necesito. Me hace muy feliz encontrar a alguien que pueda usarlos.

Con sus parches nuevos cosidos en el mono y los bolsillos llenos de retales, Conejo se dirigía a su casa cuando tropezó con Ígor.

—Lo siento muchísimo —dijo Ígor—. No sé cómo no te he visto con todo eso que llevas…

—Son parches y bolsillos y esto es un pañuelo —dijo Conejo, orgulloso—. Me lo ha dado Cangu.

Ígor miró detenidamente a su amigo durante un buen rato.

—Son preciosos y muy alegres —dijo Ígor—. Supongo que Cangu no tendrá cosas alegres que yo pueda usar esta primavera.

—¿Cosas alegres? ¿Tú? —dijo Conejo en tono de duda—. Bueno, supongo que no pasará nada por intentarlo.

Y así fue como también Ígor visitó a Cangu esa mañana. Dispuso de mucho tiempo para elegir tranquilamente entre todos los lazos que Cangu no iba a necesitar, e incluso contó con la ayuda de Rito. Fue estupendo que ni la madre ni el hijo le metieran prisa.

Era primera hora de la tarde en el Bosque de los Cien Acres cuando Ígor se dirigió a casa de Piglet. Cuando llegó, vio que Piglet estaba barriendo un montón de cáscaras de bellotas en la puerta.

—Ígor, te noto diferente —dijo Piglet.

—Quería estar un poco elegante en primavera —contestó Ígor.

—¡Estás genial! —aseguró Piglet—. ¡Parece que vas a ir a una fiesta! Una fiesta, ¡qué buena idea! Además he hecho los suficientes pasteles de bellota para celebrar una fiesta. Solo necesitaríamos una mesa para ponerla al aire libre, porque no sería lo mismo sentarnos dentro en este maravilloso día de primavera, ¿no crees, Ígor?

—Es verdad —afirmó Ígor, asintiendo—. Y además, quizá yo también pueda ayudar.

Poco después, Piglet se quedó muy sorprendido al ver cómo una gran caja de madera bajaba por el camino hacia su casa. La caja tenía patas, una cola, y, escrito en uno de sus lados, se leía «FRÁGIL».

Piglet entró corriendo en su casa y miró a través de la puerta entreabierta, por temor a que la caja no contuviera nada bueno.

—¡Hola! —gritó la caja acercándose—. ¿Dónde estás?

Piglet estaba demasiado asustado para responder.

—Sabía que esto ocurriría —aseguró la caja con una voz totalmente distinta y un poco pesimista—. Estaba aquí hace un rato y ahora se ha ido.

—Sí, bueno, quizá si ponemos esto en el suelo, podremos encontrarle —dijo la caja bastante sensatamente.

Piglet abrió mucho los ojos al ver que la caja se inclinaba y de ella salían ¡Tigger, Ígor y Búho!

—¡Oh, sois vosotros! —exclamó Piglet muy contento, corriendo hacia ellos para saludarles.

—¿Quién creías que era? —preguntó Tigger.

Pero Piglet no hubiera sabido decirlo.

—Búho recibió un enorme montón de libros el otro día y no necesita la caja —dijo Tigger—. ¿No crees que podría ser una mesa estupenda para una merienda?

—¡Oh, sí! —exclamó Piglet—. Ponedla aquí e invitaré al resto de nuestros amigos a té y pasteles de bellota.

Poco después, los amigos de Piglet se reunieron alrededor de la nueva mesa y disfrutaron de una exquisita merienda en aquella tarde de primavera.

—Seguro que has estado toda la mañana haciendo los pasteles —dijo Winnie encantado, pero lo que todos oyeron fue—: Feguro que haf eftado toda la fañana hafiendo lof faftelef.

Y es que, como todo el mundo sabe, es muy difícil para un oso pronunciar bien las palabras con la boca llena de pastel de bellotas.

Búho se fijó en el montón de cáscaras de bellotas que había en la puerta de Piglet.

—Estoy pensando que puedo utilizarlas como fichas para mi tablero de damas —dijo Búho—. Vamos a intentarlo, Rito. Muchas de las mías salieron volando por la ventana cuando jugué a las damas con Tigger en invierno.

—Claro, es que un tigger tiene que saltar de vez en cuando —dijo Tigger—. Incluso cuando está jugando a las damas.

Los amigos estuvieron muy entretenidos toda la tarde. Había sido un día maravilloso —un día sorprendente y fructífero— y no querían que se acabara.

Piglet suspiró feliz, encantado del modo en que sus amigos se habían adaptado a la nueva mesa. Conejo e Ígor estaban muy contentos con sus nuevos atuendos. Cangu hablaba a todos de su nueva maceta. Búho estaba jugando a las damas con Rito. Y absolutamente todos estaban disfrutando de los deliciosos pasteles de bellota de Piglet… especialmente Winnie the Pooh.

Actividades en la naturaleza

El tesoro de alguien cuenta la historia de cómo los amigos del Bosque de los Cien Acres encuentran nuevas utilidades para cosas que otros ya no necesitan. Por ejemplo, Cangu utiliza un viejo y agujereado tarro de miel para plantar flores.

Tú también puedes reutilizar cosas que encuentres en tu casa para plantar flores. Los cartones de huevos pueden ser recipientes para plantar semillas. Haz agujeros en la base de un cartón de huevos, pon tierra y una semilla en cada hueco, coloca el cartón en un lugar soleado y riégalo regularmente hasta que las semillas empiecen a brotar.

Cuando las plantas sean demasiado grandes para el cartón de huevos, puedes reutilizar envases de leche vacíos (córtalos por la mitad, haz agujeros en la parte de abajo y llénalos de tierra) como macetas para tus nuevas plantas. O puedes utilizar un viejo y agujereado tarro de miel… ¡Tú decides!

Reservados todos los derechos.

© 2010 Disney Enterprises, Inc.
Basado en la historia de Winnie the Pooh
de A.A. Milne y E.H. Shepard

ISBN: 978-84-9951-011-8
Publicado por Libros Disney, un sello editorial
de The Walt Disney Company Iberia, S.L.
c/ José Bardasano Baos, 9
28016 Madrid

Depósito legal: M-9514-2010
Impreso en España / *Printed in Spain*